Bruno Hillebrand

Und sage ja zu diesem Augenblick

Gedichte aus den Jahren
1960–1985

Fischer Taschenbuch Verlag

Ausgabe ausgewählter Gedichte
Veröffentlicht im Fischer Taschenbuch Verlag GmbH,
Frankfurt am Main, Mai 1992

Lizenzausgabe mit freundlicher Genehmigung
des S. Fischer Verlags GmbH, Frankfurt am Main
Die Gedichte aus den Jahren 1960–1965, 1966–1971,
1972–1977 wurden dem Band ›Über den Rand hinaus‹,
S. Fischer Verlag, Frankfurt am Main 1982, entnommen.
Für diese Gedichte:

Die Gedichte aus den Jahren 1978–1985
wurden dem Band ›Vom Wüstenrand‹,
S. Fischer Verlag, Frankfurt am Main 1985, entnommen.
Für diese Gedichte:

Umschlaggestaltung: Buchholz/Hinsch/Hensinger
Umschlagabbildung: Dorothee Rocke,
›Goletto‹, 1990, Acryl auf Leinen, 60 × 40 cm
Satz: Fotosatz Gutfreund, Darmstadt/
Wagner GmbH, Nördlingen
Druck und Bindung: Clausen & Bosse, Leck
ISBN 3-596-10842-X

1960–1965

Zum Staunen

Jeden Morgen
das Wunder
jeden Abend
das Erstaunen
das lebt
noch
das geht
schlaftrunken
über Fallgruben
Massengräber
Papierbrücken.

Kein Geländer
kein Wegweiser
immer nur Um-
leitungen Luftschilder
unter schweren Himmeln
das geht
noch
das lebt
auf Umwegen
über Abgründen
auf Konzeptpapier.

Nocheinmal

Hinstreifend
Frühjahrshorizonte
atemlosen
Bluts
vergessenen
Aufbruchs
Wiederkehr
brennender
Blütenalleen
Rausch
nocheinmal
nocheinmal
übers Jahr
liegt
des Schnitters
Ernte
kopflos
am Weg

Monolog

Vergiß dich nicht,
es ist möglich,
daß sonst niemand
an dich denkt.
Auch könnte sein,
daß die Stunde kommt,
wo Erinnerung
wichtiger ist
als ein Eigenheim.
Es gibt Wege,
die geht man
allein –
alte Jacke, aber
immer noch nicht
zerschlissen.
Kein Kofferradio,
wo der Ahorn
überschattet
das Tal.
Vergiß nicht
die Sprache
der Quellen
der Bäume
das letzte
Gespräch.

November

Alles in allem: Nebeljalousie.
Betrüblichkeiten jenseits des Sees.
Versunkene Dörfer, Schwäne abgeholzt.
Saisonende. Bildzeitung: Megatod –
d. h. wir zählen nicht mehr.

Wer sein Geld noch zählen kann,
ist nicht reich, sagt Jean Paul Getty.
Doch auch er für Charon nicht solvent.
Die ganze Erde keinen Pfennig wert.
Milchstraßen sind nur Haltestellen.

Betriebsruhe im Hoffnungsbordell.
Spazierfilzhüte fäulnisüberweht.
Totensonntag: Touristen außer Dienst.
Buchsbaumallee. Mottenpulvergeruch.
Alles in allem: Novemberjalousie.

Spät im Jahr

Unter flachem Himmel
das Herz mit Laub bestreut
der Dunkelheit entgegen

ausgetrocknete Wege
geerntet Haar in Truhen
der Sommer war sehr kurz

durch scheunenloses Land
mit Eulen in Bäumen
höhnischem Fallobst

jetzt schmilzt die Sonne
salzlos geronnenen Blicks
letzte Perlen schon blind
und nimmermehr

Halte die Schale
die leere
in Händen
den Ton
lautlos
diesege
brannte
Erde

Jahr
tau
sen
de

trugen das
die inhalt
lose Mulde
in offener
Hand

auch Tau
der Jahre
der nieder
fiel füllte
sie nicht

Bilder
rahmen die
Räume die durch
wanderten wehten ver
wunderten wundeten wünschten
aus ihren Rahmen noch einmal
hinab in das Leben das sie sosehr durch
wanderten litten und machten
daraus diese entsagende form
und farbvollendeten ganz ver
wunderten klärten Züge die
für immer sonst unter
gegangen die Erde
und nichts was
blieb sonst
nichts

Der
Tod ist
ein heißes
Eisen das faßt
man nicht an not
gedrungen mit Hand
schuhen und Zangen
am liebsten mit
Formularen ge
stempelten
druckten
Lügen

Ver
sicherungs
papiere schnein
aus einem Himmel
der ohne Trost aber
mit Zahlen gepflastert
ist bis ins Unendliche
im Tränenmuseum rie
seln Staub und
Stunden auf
blindes
Glas

Wo
hin
fliegen
die Sterne

kommt das irgend
wann wo wie
der zusam
men
was
so

aus
einander
fliegt

die Jahre
die Blicke
die Hände

wo
hin
fliegt

das

Diesen Weg
den gingst du

es blieb
von dem Atem
dem Saum
deines Seins
nichts

nicht
eine Bremsspur

Blechschäden schlagen
zu Protokoll

das
aber

das
tötet

und
keine Verfolgung

ein
Nichts ein
Saum ein

nein

Da
gehst du
sommerleicht
dein helles Kleid
hält den Winter
nicht auf

das
sieht alles
so einfach aus
gut geschneidert
verbergend das
Sterbliche

wenn
du nicht
wiederkommst
es wird einmal sein
dann schlägt das
Jahr um

da
gehst du
nimm den Brief
mit was sich nicht sagen läßt
Anreden Ausreden
du weißt

Und wärest du
an diesem Tag gekommen
es war im März das Jahr stand schon bereit
sich zu verblühn an dir
wo warst du

über die Felder
ging es ein letztesmal
mit Liedern die das Korn verführten
aber niemand war da
sie zu hören

und wärest du
am Ende dieser Welt
es müßte dich der Klang erreichen aber
der Wind blieb aus
und du

Es ruft
es ruft nach dir
denn daß es dich nicht gibt
ist kein Grund
zu schweigen
zu tun

als ob
es dich nicht gäbe
denn mit dem Ruf erstehst du
aus Schwingungen
ein Nichts

da
gehst du
gedankenschnell
leichter noch
als

Hoffnung

Wirf Blumen in den Teich
laß es doch treiben
was blühend hinab will
soll man segnen
niedersinkend vor Glück
unaufhörlich der Erde zu
wer spürt denn noch –
was nur –
die Botschaft
woher

Stille
Stille

1966–1971

O mache Musik
Sonja Liebling du
mach die Gefangenschaft
mich vergessen

über den Fluß singe
und sage ich liebe
dich und die Welt
die Welt hörst du

sie ist schön
vergiß das nicht
für mich

bin ich frei
will ich mit dir
ziehn durch die Welt
dort wo du bist
hinter dem Fluß

blüht es
dort schon

Ach wenn im Frühling
wie oft das Lied

schon Sappho sang
wenn in Abendstunden
über dem Meer die Sonne
ihre Botschaft verschweigt

zwar wissen wir
wie sich Gestirne drehn
doch wie sie fallen werden
sind Fragen die

ohne Antwort
berechnet werden Rechnungen
Richtlinien das Drehn der Welt
Gedanken um sich selbst

aus Schlaf
aus Meeren

wie oft dies Lied

Umarme den Sommer
und zähle die Folge
Vergänglichkeit will blühn
mit Wiesen hügelan
Lachen unter dem Baum
am Abend

da und dort ist Zerstreuung

üppig um dein Gesicht
weht der Farrenwald

War
einmal
so fangen
Märchen an
und hören
Menschen
auf

So brich dir Welt
von deinem Kreuz
die Arme ab
und leide
nicht

es ist
Vergänglichkeit
auch dies

steh auf erhebe dich
und sage ja und
ja zu diesem Tag
er kommt nicht
wieder

Deute an das
Undeutbare das
Worte sucht und
nicht findet

Zaubergesang

nicht findet
der Mensch Erlösung
aber die Klänge
Anklänge

Klagen

rühren sie nicht

Wer von jenen
die alles zerschlagen
stieg denn
hinab

in das Gefängnis
wo schon der Tod
die Mauern wirr
beschrieb

mit Fingernägeln
dem Stein auf den Grund
grundlos und brennend
bis es zerbricht

das Hoffende

sie aber
zerschlagen Klaviere
mit wichtigen Gesichtern

Daß du mich siehst
ist viel ist alles
Leid gelindert denn
in Höhlen hohlen
Augen der Welt
lauert Angst
wartend
die Spinne
dem Opfer
den Hals
den Traum
aus Leben
zu schnüren

daß du mich siehst
abwehrend den Tod
lindernd das Blut
das heiß das du
in Umlauf
ist alles
ein Kreis
lauf
der läuft
bis das Ende
das Endlose
endet
daß

Splitter
aufgebrochene Gedanken
keiner zu Ende geführt
abgerissene Zettel
hier und dort

in verschiedenen Taschen
Reste von gestern
das paßt nie mehr zusammen
bedrückend das zu spüren
gar nicht erst hinlangen

vergessen was war
und nie mehr sein wird
der Zeit nicht in die Augen sehn
die Tage abstottern
abends die Flickarbeit
fortschieben mit dem Fuß
ohne Gewissen

Gib
den fallenden
Stößen des Herzens
sanftes Gewicht
Weltuhr du

deine Feder
ist streng deine Zeiger
gehn und halten nie
an die Stunde des Lichts

laß Schatten
rieseln leicht daß
nicht zerbricht das
Zerbrechliche oft schon Gebrochene
Hoffende doch

Welt ist wo du
bist Geliebte
gelösten Hauptes
unter Segeln
der Wind ist kühl
und die Worte

wehn wunderbar
über Bord
Bilder der Nacht
der Tag steht
daran entlang
solang der Wind

geht von den Höhen
der Blick über Wellen
weiß gekrönt und
lustig zu sehn
das Sichtbare
dort

doch
Unsichtbares
breitet sich aus
steht in der Luft
Flammendes hier
und dort nicht

dennoch Geliebte
ist Welt wo du bist
gelösten Hauptes

Trage
den schlanken Hals
darauf die Träume ruhn

darin die Trümmer
aller Mohnfelder
dunkel verbluten

weißt du noch
was dein Mund suchte
hinter den Toren der Welt

Ich möchte diese Stunde
mit dir teilen und weiß nicht wie
denn die Sekunden eilen
und du und dich
dich hab ich nie
gesehn

Reimspiel
Rätseluhr die geht
rückwärts und steht
wenn dein Gesicht erscheint
im selben Augenblick
und weint die Stunden
statt zu schlagen hell
und fröhlich

ich hab dich nie gesehn
die großen und die kleinen Zeiger gehn und
haben dich verstellt

verwischt
dein Angesicht das muß
sehr schön sein meine
ich weiß es nicht

Über den Winterschnee
gebeugt im Trauerschlitten
zu den Dörfern die verlassen
in Schweigen gehüllt
Frost um den Pelz
hier will ich bleiben

wo über den Wäldern
die klare Nacht steht
unberührt von Menschen
die in den Städten
sich morden

die Hügel schützen
das vergessene Tal

ich will bleiben
und in den Gärten pflanzen
Blumen und Bäume – wer weiß
für wen und ob sie jemals kommen
aber bereitet soll es sein

Es tropft
von allen Bäumen
Trauer

der Herbst
regnet sich aus

so endet
das Jahr

Zwischen zwei Eiszeiten
siedeln die Menschen
an ihre Träume
ihre Gärten
umziehen
sie mit
Draht

Du bist noch da
die Einsamkeiten deines Munds
gehn durch das Jahr
ich suche nicht
du bist noch da

jetzt ist es Herbst
und eben erst begraben
was dich umgab an Schmerz
die Blätter wehn
jetzt ist es Herbst

und wenn im Februar
die Knospen stehn das Licht
sich wieder hebt der Schnee
wo bist du dann – ach dann
im Februar

Es möchte sein
die Stunde diese
in Ewigkeit und rein
und daß ich dich nicht ließe
und Hand in Hand die Felder zu begehn
die ruhig sind und ohne Fragen
wartend bis ihre Früchte stehn
und könntest du nur sagen
so soll es sein

niemehr das Wort
und niemehr deine Schritte
wo du jetzt bist an jenem Ort
erreicht dich nichts – die Bitte
verraucht mit den Kartoffelfeuern
die Erde bleibt das Jahr
wird sich erneuern
und ist der Frühling da
es möchte sein

O dieses
Nichtmehrsein
und nicht mehr sehen
Erde dich

dein Licht
um die Oktoberhügel
nie mehr zu atmen
nie

der Äcker Duft
Spätsommerfäden spüren
mit leichter Hand
den See

was du geliebt
geatmet hast
das blieb
nur du

Denn wie auf Flügeln
irrtest du
der Boden wich
verwirrtes Schlagen
Luft und Erde
stürzten aufeinander zu
das schlug so hart
und deine Stimme
und niemand
hörte

Ich wollte dir noch sagen
daß
ach daß die Wolken ziehn
und
wie der Wald noch steht
das
sahst du doch so gern

ich wollte dir noch sagen
das
und dies und jenes
sagen nur
ach und die Sonne dort
das
hast du doch geliebt

1972–1977

Über den Rand
hinaus

warum nur

wandeln
am Saum
der Verwandlung

Wie fing das an
schmelzend
an Rändern
die den Horizont berührten

wie das verfing
mit Ahnungen
Angstträumen
ausweglosen Tagen

und weiterging
mit Wörterbüchern
blätternd
entblätternd

Grau verhangen
ihr Dörfer

hinter dem Winterschnee
meiner Erinnerung
tief in den Mantel
gehüllt

stehe ich dort
und schweige

Wenn
ach weißt du es noch

wenn
in Kindertagen
am Abend
der Sonntag
bevorstand

siehst du es noch

die Wege
geharkt um das Haus
und der Sand
ohne Spuren
am Morgen

wenn
in Erinnerung
eingeschlossen
der Duft des Sommers

und wenn
dann Sommer ist

Das Verlorene
stoße zurück
die Traumleitern

die Felder
der Kindheit
sind überall

verloren
die Schuhe
suche sie nicht

brich auf
und ab die Gespräche

Nimm die Axt
schlage den Blick frei

stoße die Bretter
hinab

wirf dich voraus
mit sicherer Hand

den Horizont
schreite ab

ziehe den Strich
gegen die Zeit

Ist nicht immer
Abschied
Bereitschaft
aufzubrechen
die Welt
zu hintergehn

alles
stehn und
liegen lassen

dieser Weg
dieses Wegwollen

im Sande
siehst du
die Spuren
noch eine Zeit

Die frühe Stunde

weit hinaus
ins Land
lehnt sich
der Tag

du begreifst
wie lange du
das verschlafen hast

Wenn
an die heißen
Tage des Sommers
dein Kopf stößt

wenn
ausgetrocknet
die Erde
rissig die Haut

bist du
auch dann
noch treu

wenn sich
dir alles
verschließt

Auvers 1890

Krähen stürzen
in die Weizenfelder

und vorher in St. Rémy
und in Turin
fiel der Vorhang
ohne Publikum
niemand
wußte vom andern
nur die Krähen
fielen vom Himmel

schwarze Pfeile
der Sehnsucht

Mandeltöne
ausgerissen
entwurzelt

in Schalen
steht südlich
umher das Bittere

ach diese Musik
die Gravur aus Tönen
Striche eines Gesichts
dunkel und unauslöschlich

Gib mir
nur dieses
dein Wort

wer du auch bist
ein Stück deines Atems

daß ich dir danke
meine Hände sind leer

nimm alles
was ich dir geben kann
Metall liegt unter der Zunge

laß mich nicht sterben
in gekachelten Zimmern

Ist nicht immer
Rückkehr
wenn wir aufbrechen
zu uns selbst

auf Schiffen
Traumkanälen
suchst du
dein Venedig

Und wieder Jahre
und wieder diese Wege

seit du tot bist
und Zeit hast
geht lautlos
manchmal
dein Fuß
neben mir

Über Jahre
bist du
an dieser Mauer
entlanggegangen

an dieser Mauer
aus Feldsteinen
und brüchigem Mörtel

so oft
bist du gegangen
und hast gedacht
dieses und jenes

jetzt
bleibst du stehn
und denkst
sie ist alt geworden
die Mauer

1978–1985

Warnung

Denn deine Flügel
schlugen an Beton
zerbrich dir nicht die Lippen.

Warfst du
das Licht
übers Meer
der Morgen kam
alles geschah ohne dich.
Dann sahst du die Sonne.

Nachgelassene Notiz:
denn wer möchte nicht lieber
ein glücklicher Mensch sein
als ein Dichter.

Sack über den Kopf

Das Salz
sagt sie trocken
diese zerbrechlichen Dunkelheiten
überfordern uns alle
Gewohnheit wirft dir
den Sack über den Kopf
der gewendete Blick
ist das Kleid von gestern
ein Weißdorn am Weg
hat dir die Botschaft gesagt
bemühe dich nicht
du hast sie vergessen

Ornithologisches

Gurrend
der Wildtaubenruf
verloren verloren

Verlust
zieht das Herz
hinüber
du hast
den Kopf
fast verloren
du hast
den Weg
fast verfehlt
hörst du den Wildtaubenruf

Fahrtenschreiber

Jetzt schon verweht
mit dem Schaufelrad
hochgeworfene Träume
Louisiana
hol dir die Wörter zurück
Lapislazuli
geliehenes Leben
eingeschlossen in Stein
in Umarmungen
wie es auch sei
suche nach neuen Wörtern

Spiegelbild

Hinter geschlossenen Fenstern
steht sie jetzt oft
die Stille
ihr letzter Begleiter.
Früher
wie waren im Frühling
der Sommer
ging auch dahin.
Wenn sie sich umdreht
vor dem zerrissenen Spiegel
steht sie jetzt oft
ohne Abschied gingen sie alle.

Aufhellung

Faust in der Stirn
Blick aus dem Fenster
du wirst nicht fliehn.
Was sonst sich fügt
in einem Augenblick
den ihre Augen kaum
erblicken
so schnell
streicht er vorbei
auf einem Blatt
an einer Wand.

Und mit den Blättern fiel
Erinnerung und trieb davon
der Fluß denkt sie der Fluß
und wieder war Vergessen da.

Verrat

In der Nacht
die Bereitschaft
alles zu sagen
das volle Geständnis.
Ehe der Hahn ruft
starren die Spötter
zum Fenster herein.

Beruhigt

Dann plötzlich wußte sie
es war ein Nachmittag
und Herbst und eine Stimme
die sagte ihr daß nichts
umsonst war
so lautlos sank die Dämmerung
und langsam fiel das Laub
wie Schnee vor Fenstern.

Das grüne Fenster

Biegst du
Farben und Formen
aus jener Mitte
die du nicht siehst
wägst du
auf deiner Waage
das Mögliche
dann entwachsen
dir aus den Händen
grüne Gebilde.

Wiegenlied

Kommen nie wieder.
Kommen nie wieder.
Komme nie wieder.

Du weißt
was ich von dir
entworfen hatte.
Du weißt es nicht.

Hinter den Hügelketten
ist es vergangen.

Endlich erwachsen

I

Wie glücklich
die Erinnerungen
an eine Zeit die
nie stattgefunden
über die Kindheit
sollten die Kinder schreiben
damals – entsinnt sie sich
und er pflichtet bei.

II

Fassungslos
und immer noch
hängt Tau an den Zweigen.

Mein Freund
träumst du von Kindheit
oder bereitest du sie
so wie du sie erträumt.

Wann denn

wenn nicht
in diesem Augenblick
die Klagen vergessen
auf Trümmerfeldern
festgetretener Staub
verwehte Eintrittsbillette
die Wüste ist wunderbar
und vor Klarheit brechen
die Nächte fast entzwei

weitergehen

Unangemeldet

Diese Götter
die du nicht erfunden hast
die dir ins Herz brachen
ohne zu fragen.

Einst schimmerten
aus der Tiefe des Tals
du hast sie nicht gerufen
die Mondsüchtigen empor.

Ungreifbar

Vielzuvieles
wird uns aus den Händen
genommen wie ein Spielzeug
das wir nicht verdienten
weil es uns zerbrach
vielzuvieles
war nur gut gemeint
abgerissene Tage
Kalendersprüche

und doch
du hast es gewußt
wenn das Auge nicht hört
und das Ohr nicht sieht
ist die Erde blind und
der Himmel taub

das Gefühl zwischen den Händen
das steht in einem Brief von dir
das Gefühl
zwischen den Händen
zerrinnt etwas

Quetzalcoatls Lachen

Unter den Palmenwinden
an achtlosen Stränden verloren
Kokusnußdolden über dem Kopf
eine genügt dir den Traum
zu zertrümmern das Hirn
springt unter der Schale
hervor und lacht
sich tot
dann spülen die Wasser
die Reste der Sehnsucht
den Haien ins Maul

das Lachen der Götter
weil einer kam der sagte
er sei der einzige

das lachende Sterben der Götter
war himmlisch

Die Stimme

Halte dich
nirgends fest
das rief sie ihm zu
die Hände
wirst du
zerreissen
am Eis

das sah niemand
den langen Sturz
durch die Nacht

Kunststück

Das lernt
jeder einmal
die Kunst
durch den geschnürten Hals
noch zu atmen
zu wünschen
daß über die Stadt
Schnee stürzt
daß Wüstenwind
die Mauern durchweht

Aufruf

Im Schiefergestein
über das Tal hin
aufbewahrt ist die Sonne
wenn noch in kälteren Nächten
wenn ohne Eindruck der Ginster blüht
begreifst du endlich was vor sich geht
wenn der Tag endet
und nichts feststeht

Singt die Liebe

mich umarmen halte mich
und die Zeit an
alles umarmen
und es entzieht sich die Welt
das Sterben ist überall
singt die Liebe singt die Liebe
neu beginnen den Brief
geschrieben auf Trommelfell
dröhnend zerplatzt das Papier

Die Frage nicht stellen

aber sagen
das Feld dort ist grün
jeden Tag neu beginnen
die Antwort nicht abwarten
Wolkenapril
unzuverlässig
die Frage ob es blüht
schon beantwortet
die Farbe des Himmels
vorweggenommen
das ganze Jahr

Es ist immer noch Zeit

Teppich aus Licht
über den Fluß gelegt
du sollst ihn betreten
ehe die Wolke
ihn fortzieht
zeitlos nur dieses
Gefühl der Göttergleichheit
ein Gesicht das alles verbarg
war dir die Jugend

Gewißheit

es wird nicht wiederkommen
jetzt sind die Türen verschlossen
es wird wiederkommen
soviel ist unvergessen
und sicher es wird
nicht wiederkommen

sie sieht
im Spiegel die Augen
am Rand eines Morgens
das wird nicht wiederkommen

Weißverhangen von Himmeln

Zweige über ihr
die voller Schnee sind

sprich sie an
denn ich brauche
Zeugen meiner Vergangenheit
wo denn soll Zukunft sein
wenn nicht die Tröstung
sie zuschneit

Frühe

Wenn er
die Morgenröte
nicht versäumt
die Wellen
den Fluß begrüßt
die Nacht nicht zerredet
wenn sie gemeinsam
über den Tag hin
das Tuch aufnehmen
an seinem frischen Rand
die Morgennebel zuerst
mit Sorgfalt zusammengelegt

Reisesegen

Fahre mit Gott
wollte sie sagen
als er auf Reisen ging
mein Großvater soll
das gesagt haben
wenn er anspannen ließ

fahre mit dir
fahre zu dir hin
fahre in Frieden
begegne dir
wo niemand dir
begegnete bisher

und dann sagte sie noch
leise damit er es hört
nimm mich mit.

Unruhe

Umarme mich mit einem Arm voll Wind
dem westlichen vielleicht
dem weichen regenreichen
der nachts das Fürchten lehrt
wer geht ums Haus?

Im Herbst läßt er
die Menschen sterben
ohne viel zu fragen
und auch im März.

Im Traum
erschienst du mir
als ob du ewig wärst.

Martita mit Cello

Wenn hinter uns
das Licht des Südens zerbrennt
wenn in den Nächten
der Zweifel uns anfällt
wenn gegen die vollen
Lippen der Tod anrennt
wenn Verheißung und Vorwurf
sich stoßen jenseits der Grenze
dann ruft eine Stimme vom Wüstenrand

sage nicht Morgen
du schiebst das Jetzt
über die Kante ins Niemehr

Myrrhe und Narde

Sahst unter den Stämmen
das Schimmern des Lichts
mit Salben der Sehnsucht
versehen den Zedernwald.

Sage mir doch
der schöne Gesang
wo ist er geblieben
verweht mit den Haaren
vornübergebeugt
die Kräfte damals
alle versammelt
und hingebreitet
mit Worten

Durchs Perspektiv

Schreibe nicht nach
schreibe nicht auf
das Nachgeschriebene
das Aufgeschriebene
das Gemeinte
liegt überall.

Buchstabiere die Welt
zerlege das Uhrwerk
schraube den Meinungen
Hörner auf.

Auch als er
nicht mehr so wörtlich fragte
als ob es
wörtlich zu nehmen sei
so fragte er doch
was dahintersteckte
früher und damals.

Da kam ihm
im Traum der Schelm
mit der klingelnden Kappe
nichts bleibt und nichts
steckt dahinter.

Schon gar nicht
mit Händen und Füßen
sei das zu fassen denn
von Sehnsucht getragen
weht mit dem Fittich darüber
der Rabenruf stopft ihm das Maul.

Yorik

Den Winter
übersteh ich nicht
denkt er
und fühlt in seiner Kehle
daß dort das Wort nicht steckt
und doch bekommt er Antwort

bist du erst
gründlich verreckt
ruft ihm der lustige Geselle zu
dann wird die Stimme frei
lauthals tönt sie dir nach

der Galgenstrick
schon ist er weg
so halten es die Narren
was hat er nur gemeint

und dennoch blüht es draußen
rief dieser Vogel noch ins Haus
wem ginge da nicht das Herz auf

Dennoch

glaubt mir Freunde
ich gebe nicht auf
mögen die Speisekarten
verfallen die man gedruckt hat
zu Ehren meiner Beerdigung
ich gebe im Gegenteil an
bei meiner Vernehmung
korrumpierbar bin ich
nie gewesen

den Wölfen
gab ich nicht nach
bei vollkommener Windstille
spuckte ich in die Luft
den Fahnen habe ich
das Götzwort zugerufen
ich gebe nicht auf
dem Richter schicke
ich eine Ansichtskarte

Hürde

Wann denn bricht
über den Baumwipfeln dir
das Glück nicht ins Knie

die Pferde
das weißt du schon lange
machen nicht mit

sie scheuen
den Sprung vergessend
vor dem letzten zurück

die Himmelsturniere
fallen aus

Zur Tagesordnung

Die Gäste kommen nur Mut
nimm eine Hand voll Wörter
schlage kräftig serviere
frisch ins Gesicht
Grüß Gott

Sonntag
der Tag des Herrn
die Damen stehen nicht nach
glauben Sie wirklich fragt sie quer
die Herren schon bei der Tagesordnung
bei steigendem Lombardsatz
fallen die Immobilien
das Zinsniveau steht

greifen Sie zu lispelt sie
das schwamm gestern noch im Meer

Wurfsendung
die nicht ankam

Was redet ihr
von Angst und atomarer Endzeit.

War denn nicht immer schon
im Horizont der Riß
als sei nach einer Explosion
das Kinn der Welt verrückt
und stehn geblieben.

Ruhige Landschaft

Ich sammle meine Gedanken
dann werfe ich sie weit hinaus
ich sehe Kinder am anderen Ufer
mit Flußkieseln spielen
und sehe den Ringen nach.

Ich sitze unter der Weide
und warte auf andere Zeiten
die werden kommen
wenn der Fluß anschwillt.

Wenn ihr mich fragt Freunde
ich sage ja zu diesem Augenblick.

Gewißheit

Als ob die Fahrten
noch glücklich enden
weht dir die Märzluft zu
behalte die Nase im Wind
nimm dir die Primeln
zum Vorbild.

Dein frisches Kleid
liegt gestärkt in der Truhe.

Weiß ist der Winter
ich aber verspreche dir
die Heimatlosigkeit der Poesie
ist grenzenlos.

Inhalt

1972–1977

1978–1985

Bruno Hillebrand

Benn
Vier Essays, eine Rede und eine Chronik
in Selbstaussagen
1986. 301 Seiten. Leinen. S. Fischer

Von der Krümmung des Raumes
Gedichte. 1992. 160 Seiten. Leinen. S. Fischer

Versiegelte Gärten
Roman. 1979. 326 Seiten. Geb. S. Fischer

Vom Wüstenrand
Gedichte. 1985. 100 Seiten. Leinen. S. Fischer

Und sage ja zu diesem Augenblick
Gedichte aus den Jahren 1960–1985
Fischer Taschenbuch Band 10842

»Wer ist fremder, ihr oder ich?
Der haßt, ist fremder als der gehaßt wird, und die Fremdesten sind, die sich am meisten zuhause fühlen.«

Ilse Aichinger
Werke

Herausgegeben von Richard Reichensperger

Acht Bände in Kassette. Band 11040

Die Kassette wird nur geschlossen abgegeben.
Als Einzelbände lieferbar.

Die größere Hoffnung
Roman. Band 11041

Der Gefesselte
Erzählungen 1 (1948 – 1952)
Band 11042

Eliza Eliza
Erzählungen 2 (1958 – 1968)
Band 11043

Schlechte Wörter
Prosa. Band 11044

Kleist, Moos, Fasane
Prosa. Band 11045

Auckland
Hörspiele. Band 11046

Zu keiner Stunde
Szenen und Dialoge. Band 11047

Verschenkter Rat
Gedichte. Band 11048

Fischer Taschenbuch Verlag

fi 1800 / 2

Lyrik

Nisametdin Achmetow
Die Straße der Freiheit
Gedichte. Band 9277

Rose Ausländer
Blinder Sommer
Gedichte. Band 5199
Die Sonne fällt
Band 11161
Ich spiele noch
Band 10421
Im Atemhaus wohnen. *Band 2189*
Gelassen atmet der Tag
Band 11157
Der Traum hat offene Augen
Unveröffentlichte Gedichte 1965–1978
Band 9172

Wolfgang Bächler
Ausbrechen
Gedichte aus 20 Jahren
Band 5127
Die Erde bebt noch
Frühe Gedichte 1942 bis 1957
Band 9174

Wolfgang Bächler
Nachtleben
Gedichte. Band 5872

Hans Bender (Hg.)
In diesem Lande leben wir
Deutsche Gedichte der Gegenwart. Band 5006
Was sind das für Zeiten
Deutschsprachige Gedichte der 80er Jahre
Band 9553

Jürgen Born (Hg.)
Wenn der Abend kommt
Gedichte und Lieder aus vier Jahrhunderten
Band 9228

Joseph Brodsky
Gedichte. *Band 9232*

Charles Bukowski / Carl Weissner
Terpentin on the rocks
Die besten Gedichte aus der amerikanischen Alternativpresse 1966–1977. Band 10918

Paul Celan
Die Niemandsrose / Sprachgitter
Gedichte. Band 2223
Das deutsche Gedicht
Vom Mittelalter bis zum 20. Jahrhundert
Band 155

Hilde Domin
Hier
Gedichte. Band 10600
Doppelinterpretationen
Hilde Domin (Hg.)
Das zeitgenössische Gedicht. Band 1060

Odysseas Elytis
To Axion Esti – Gepriesen sei
Gedichte und Prosa. Band 5029

Erich Fried
Anfechtungen
Gedichte. Band 10343
Befreiung von der Flucht
Gedichte und Gegengedichte. Band 5864

Fischer Taschenbuch Verlag

fi 145/12 a

Lyrik

Erich Fried
Frühe Gedichte
Band 9511
Reich der Steine
Zyklische Gedichte
Band 5959
Warngedichte
Band 2225
Die Freiheit den Mund aufzumachen
Achtundvierzig Gedichte
Band 10344

Walter Helmut Fritz
Mit einer Feder aus den Flügeln des Ikarus
Ausgewählte Gedichte
Band 9266

Yvan und Claire Goll
Traumkraut / Die Antirose
Gedichte. Band 9590

Jana Halamičková (Hg.)
Die Kinder dieser Welt
Gedichte aus zwei Jahrhunderten
Band 10039

Peter Hamm
Der Balken
Gedichte
Band 5314
Die verschwindende Welt
Gedichte
Band 9173

Klaus Hensel
Oktober, Lichtspiel
Gedichte
Band 9509

Bruno Hillebrand
Und sage ja zu diesem Augenblick
Gedichte aus den Jahren 1960–1985
Band 10842

Peter Huchel
Chausseen, Chausseen
Gedichte
Band 5120

Marie Luise Kaschnitz
Überallnie
Ausgewählte Gedichte 1928–1965
Band 5820

Jan Koneffke
Gelbes Dienstrad wie es hoch durch die Luft schoß
Gedichte
Band 10786

Michael Krüger
Aus der Ebene
Gedichte. Band 5865
Diderots Katze
Gedichte. Band 2256
Die Dronte
Gedichte. Band 9222

Fischer Taschenbuch Verlag

fi 145 / 14 b

Rose Ausländer

Mein Atem heißt jetzt
Gedichte. 144 Seiten. Gebunden

Mein Venedig versinkt nicht
Gedichte. 1982. 136 Seiten. Gebunden

Ein Stück weiter
160 Seiten. Broschur

Ich spiele noch
Neue Gedichte. 136 Seiten. Leinen und als
Fischer Taschenbuch Band 10421

Gelassen atmet der Tag
Gedichte. Fischer Taschenbuch Band 11157

Hinter allen Worten
Gedichte. Fischer Taschenbuch Band 11160

Treffpunkt der Winde
Gedichte. Fischer Taschenbuch Band 11159

Blinder Sommer
Gedichte. Fischer Taschenbuch Band 5199

Die Sonne fällt
Gedichte. Fischer Taschenbuch Band 11161

Im Atemhaus wohnen
Gedichte. Fischer Taschenbuch Band 2189

Der Traum hat offene Augen
Gedichte 1965–1978
Fischer Taschenbuch Band 9172

Fischer Taschenbuch Verlag

fi 167/14